CONTOS DA LUA BRANCA DEPOIS DO ECLIPSE

BRANCA BOSON

ILUSTRAÇÃO RENATA MANSO

Imagens geradas pela manipulação de inteligência artificial.

contos da lua branca depois do eclipse © Branca Boson 02/2024
Ilustrações © Renata Manso, 02/2024
Edição © Crivo Editorial, 02/2024

Ilustrações (por meio da manipulação de Inteligência Artificial) Renata Manso
Edição e Revisão Amanda Bruno de Mello
Capa, Projeto gráfico e Diagramação Luís Otávio Ferreira
Coordenação Editorial Lucas Maroca de Castro

B721c	Boson, Branca. Contos da lua branca depois do eclipse [manuscrito] / Branca Boson; ilustração Renata Manso. - Belo Horizonte : Crivo, 2024. 80p. : 14x21 cm. ISBN: 978-65-89032-67-0 1. Literatura brasileira. 2. Ficção brasileira. 3. Contos. I. Manso, Renata. II. Título . CDD B869 CDU 869

Elaborado por Alessandra Oliveira Pereira CRB-6/2616

Índice para catálogo sistemático:
1. Literatura brasileira CDD B869
2. Literatura brasileira

CRIVO EDITORIAL
r. Fernandes Tourinho // n. 602 // sl. 502
30.112-000 // Funcionários // BH // MG

- crivoeditorial.com.br
- contato@crivoeditorial.com.br
- facebook.com/crivoeditorial
- instagram.com/crivoeditorial
- crivo-editorial.lojaintegrada.com.br

6	AQUI JAZ UMA ESCRITORA
10	A DEMISSÃO
18	FOTO DE DESPEDIDA
22	A GAVETA DO NADA
25	A VIDA SUPERA. IMPERA.
29	ALÔ
38	PODRE DE RICO
41	ZORAIDE E NINA
44	ASSASSINATO
46	EFEITO DROSTE
50	ELE TINHA QUE SE ACALMAR
54	ENTREVISTA DE EMPREGO
58	FELIZ SOZINHA
60	LIVRETO
64	O CHEIRO
68	OS SONS
72	SAPUCAIA
75	QUEM É CARLOS?
77	SUICÍDIO

AQUI JAZ UMA ESCRITORA

Eu tinha começado a escrever aquele livro com tanta certeza de que seria uma dádiva, um presente para quem o lesse. Acreditava ser possuidora da visão clara dos erros que as pessoas cometiam e as faziam se afastar de uma vida mais leve e feliz. Comprei um caderno grosso e muitas canetas, preferia escrever à mão. Depois de alguns dias e folhas quase ilegíveis, percebi que teria que digitar tudo, de qualquer forma, e optei por me poupar do trabalho duplicado: me rendi ao notebook e a suas teclas. Passava horas diárias dedilhando aquele piano de letras e espaço. A tecnologia não me poupava da releitura que, basicamente, me obrigava a reescrever parágrafos inteiros.

Durante um mês e meio, meus dias se passavam dentro da minha sala ou numa cafeteria, escolhida pela impressão de não ocupar a mesa de um cliente pagante. Estava quase sempre vazia e, na verdade, o dono gostava que eu ficasse ali, porque atraía pessoas que desconfiam de lugares onde não tem ninguém. Eu e ele até mesmo ensaiamos uma amizade, dificultada por mim, devo confessar. Eu chegava, ele me trazia um cappuccino, dizíamos olá um ao outro, ele saía. Algumas vezes, no começo, quando eu levantava a cabeça para procurar uma palavra ou uma ideia que tinha fugido para o teto, ele puxava assunto. Está muito quente, parece que vai chover, acho que vou passar a vender sorvete. Frases por mim ignoradas.

Na sala de casa não havia interrupções, mas uma janela muito grande na minha frente distraía os pensamentos e facilitava a fuga das ideias. A cama e a geladeira ficavam perto, não era preciso pagar imediatamente pelas coisas e nem dar explicações se me deitasse um pouco. Todo o livro estava na minha cabeça e eu o extraía com as mãos, era só evitar distrações nesse caminho.

Já tinha dezenas de páginas digitadas com as minhas ideias salvadoras da felicidade alheia. Havia material suficiente para ser chamado de livro. Precisava terminá-lo. Empaquei. Como ia terminar um fluxo de consciência? Como se para uma corrente? Qual é o ponto de inflexão nesse escoamento de ideias, em que eu pudesse colocar um fim? Tão infinita quanto a infelicidade humana é a necessidade de uma solução, e ser dono da precisa fórmula era inesgotável motivação. O ponto final ficara impossível.

Decidi, naquele momento, parar realmente. Esperar que o fim percebesse sozinho sua necessidade. Viciada em minha rotina, decidi que no dia seguinte leria o material e corrigiria erros de ortografia e gramática. Assim, por acaso, encontraria aquilo de que precisava. Achava que estava largado em algum ponto final de outras frases e que eu tinha me deixado levar pela vaidade e continuado ainda depois dele, embevecida pelas minhas próprias palavras.

Carreguei o notebook para um lugar novo, porque não ia escrever, e sim ler. Para me disfarçar de leitora, lembrei de uma grande livraria dentro de um shopping, onde as pessoas se sentavam em poltronas entre as prateleiras altas, cheias de volumes. Era um lugar em que se podia ficar sem comprar nada. Peguei o metrô e, depois, um ônibus. As lojas estavam cheias, mas, como sempre, as que vendiam futilidade e não cultura. Procurei um assento o mais discreto possível, ainda na dúvida se nenhum atendente viria me pedir para comprar ou sair. Abri meu equipamento, fingi que não era eu e comecei. A missão era descobrir o final perdido do meu livro, fisgá-lo, segurá-lo firme e levá-lo para o lugar apropriado. A certeza era de que passara batido por ele no entusiasmo de tão nobre missão para a humanidade.

Comecei a ler tudo o que fiz, desde o começo. Aos poucos, fui sentindo vontade de fingir que não era eu para mim mesma. Que vergonha! Eu não encontraria nunca o fim naquele emaranhado de ideias. Eu não encontraria nada. Nem interesse, muito menos a chave para a felicidade das pessoas. Encontrei, isso sim, minha desventura. Envergonhei-me até mesmo da empáfia de negar amizade ao dono da cafeteria, única testemunha ocular da minha ilusão, única pessoa que poderia entender a minha dor.

A DEMISSÃO

Afinal, o dia chegou. E, como encomendei aos anjos, está calmo, meu chefe está de bom humor e ninguém parece desconfiar que é um dia especial. Chego a me arrepender de ter pedido por tudo isso. Olho para cima e penso alto: quando rezo para encontrar aquele bofinho no bar vocês não me atendem, né? Escolhi meticulosamente a roupa que usaria, tanto para não chamar a atenção quanto para não parecer alguém que estava entregando os pontos, desesperada. Repeti o que mais usava para trabalhar. Repeti os hábitos, os cumprimentos, o caminho até minha mesa. Tudo que era espontâneo virou *script*. Até mesmo o chato "bom dia, broquinha" se repetiu. É que, desde que tivemos um almoço do trabalho para comemorar um aniversário, me chamam assim. Não sabiam falar de outra coisa que não do quanto comi. E isso tem dois anos. Isso é, sim, um dos motivos da minha decisão.

Decisão que nem mesmo para a Ruth contei. Passamos muitos minutos de ócio merecido, quando o chefe saía, filosofando sobre trabalho. Não acredito que ela realmente tenha capacidade para me entender; alcançar a crítica que eu faço à dependência generalizada de autodefinição através do trabalho. Uma vez, reparei certo incômodo quando questionei (mais a mim mesma que a ela): Ruth, você, se ficasse desempregada, continuaria sabendo quem é? Ela respondeu: uma pobre sem rumo. Não, Ruth, assim... você, como todo mundo, tem uma noção de quem é, uma mulher objetiva, boa mãe, sei lá. Isso seria mudado se não trabalhasse? Não. Seria uma mulher objetiva sem objetivo e uma boa mãe pobre. Mas isso é exatamente o que acredito ser preciso repensar, Ruth. Você tem que ter objetivos além desses aqui do trabalho. Objetivos que você mesma determina e não um chefe. E não necessariamente se tornaria pobre. Talvez tivesse que repensar os gastos. Isso já estou fazendo, colega, porque sabe aquele vestido que te disse que ia comprar? Tive que repensar. E assim ela saiu do papo, de volta ao trabalho, com uma nota de realismo em meio à minha filosofia.

Da outra vez que disse que a maioria das pessoas não quer pensar em nada, principalmente as que são mais ligadas a resultado, como ela, recebi a seguinte resposta: pensar leva mais a novas perguntas que a soluções.

Em mais um desses cafés filosóficos, falei com a Ruth da relação de amor e ódio com o tempo de vida gasto em empregos muitas vezes insatisfatórios. Disse o quanto a família da gente, e os amigos, dão sustentação à ideia de que não há escapatória e o quanto deixam inseguros aqueles que tentam outra solução. A minha mãe mesmo, Ruth, nem deixa eu começar a falar de meu desânimo com o trabalho que já começa alguma história de um desventurado desempregado ou daquele que comprou algo maravilhoso com o dinheiro do aumento. Já desisti. Mas ela está certa, amiga, minha irmã está penando para conseguir um emprego e isso sempre é assunto. A coitada tem até evitado festas de família. Diz que nem perguntam mais "oi, tá boa? ", mas "oi, tá empregada? ". Olha, Ruth, é uma rede de malha bem fina, como essas que vemos nas varandas dos apartamentos que têm gatos. Ué, mas se não houver essa rede, o gato cai e morre. Ruth, os gatos não têm sete vidas? E sabem como cair. Além disso, se não for um gato cego, ele tem noção de que está no alto. O que o faz perder instintos naturais são exatamente essas redes, colocadas como proteção e que se tornam dependência. E, aos poucos, o gato deixa de ser... gato. Para cortar minha reflexão no seu ápice, como sempre, a Ruth soltou um "miau". E foi para sua mesa.

Mas também ficar agora repensando pensamentos é um escape fútil. Preciso falar logo com meu chefe, antes que algum problema apareça e mude todo o ambiente favorável.

Levanto e minha cadeira faz aquele barulho irritante. Não queria que me olhassem. Disfarço remexendo a mesa, como se procurasse qualquer coisa antes de ir, o tempo suficiente para os olhares voltarem para os computadores. Meço a distância e a energia necessárias e vou. É igual aos minutos antes da morte, segundo dizem. Um *flashback* passa, rápido, dos anos que trabalhei ali. Como os moribundos fazem com a vida, eu preciso avaliar se foram bons, se fiz todo o necessário, se me arrependia de algo. Pareceu tudo tão legal que a pergunta "por que mesmo?" vem à cabeça e diminuo o passo.

Saí da faculdade sem nenhuma noção do que iria fazer. Meu pai ofereceu a chance de trabalhar numa repartição pública, porque conhecia uma pessoa que lhe devia favores. Aos vinte anos, isso me pareceu sorte. Aceitei. Ninguém me avisou do visgo desse tipo de emprego, o mesmo que nos prende a relacionamentos mornos, a vícios mórbidos, a rotinas tristes. É o vício de já saber. Já saber como é, como será, sem sustos, desafios, exigências, frios na barriga, medos, inseguranças... essas coisas horríveis que as pessoas contam que acontecem no mercado privado, aumentadas para nos fazer ficar no serviço público. Ou para justificar. É o tipo de coisa que nos envelhece da maneira mais caduca. Em cinco anos ali eu já tinha 30. Talvez fosse a convivência com tanta gente murcha.

Tá dormindo em pé? passa ela rindo de mim. Viro a cabeça para acompanhar sua retirada. Se eu ficar, em mais dois anos estou exatamente como ela. Quadril largo, roupa sem graça, passo arrastado carregando uma caneca de café. Gasto nessas elucubrações o restinho da energia mal calculada. Resolvo ir ao banheiro para me olhar no espelho e recapitular. Ou capitular? Nunca! Daí meu chefe levanta a cabeça, olha para mim, sorri e diz, sem dizer nada: quer falar comigo? Tomei ar e também não disse: sim.

Entro na sua sala de vidro. Está tudo no lugar exato. O retrato da mulher e dos filhos, o rabo de coelho, a figa e a Virgem Maria. Lembro que, uma vez, ele me disse que eu tinha potencial para chegar ao lugar dele. Quantos anos ele teria? Acho que uns 50. Imagina eu passar ali tanto tempo almejando aquele posto? Chefe da assessoria de imprensa de uma empresa pública. Com um grupo de subordinados daquela espécie; velhos repórteres enjeitados. Respirei e falei, de verdade, com a boca: quero pedir demissão, vou ser escritora. A dele se abriu.

Não sei em que lapso de tempo, mas a Ruth voltou, olhou, viu a cara do chefe, olhou para mim e eu me lembrei de que era ela quem queria o lugar dele. Era o que ela dizia esperar e segurá-la no emprego, quando ouvia as minhas críticas. Mas a Ruth, apesar de minha amiga, era uma pessoa dependente, insegura, que me contava altas neuras em seu casamento. Meu Deus, ela sofria de verdade com isso. Só podia pensar que não queria me casar. Não para ficar assim.

Ela vai embora e meu chefe, em meio a esses microssegundos de devaneio, fecha a boca e começa a balbuciar alguma coisa. Peraí, como assim? Você está falando sério? Mas é a pessoa com mais potencial aqui nessa repartição. Conta pra mim o que você está pensando, vamos conversar. Solto mais ou menos o discurso ensaiado, de que quero escrever um livro e preciso de tempo. Ele, então, começa a contar a própria história, não entendo bem em que vai me ajudar, mas, como tinha dado uma notícia séria, deduzi que ele queria tempo para absorver. Deixo ele falar, mas eu não precisava ouvir.

E assim começou o meu *best-seller*. Ele parou olhando os próprios dedos no ar enquanto escrevia aquela frase de efeito. Penso: *best-seller*? Como ele, um chefe de repartição, escreveu um livro com boas vendas que não conheço? Nunca vi o nome dele em nenhuma capa das milhares de obras literárias que devoro, nas outras milhares em que passeio meus olhos nas horas de livraria que me entretêm. Já de volta do devaneio, ele parece que lê na minha cara a estranheza. Meu *best-seller*, certo? Diz, com ênfase no "meu". O livro que eu mais vendi na minha vida de escritor. E, sim, estou aqui. Isso faz muito tempo, talvez eu tivesse a sua idade. Mocinha, você não faz ideia da dificuldade de dispensar um trabalho seguro e com salário fixo para se aventurar na escrita. Só isso, não. Um trabalho que pode, pela leveza de compromisso, vamos dizer assim, te proporcionar o suporte necessário para tentar ser escritora. Eu estou fazendo isso agora mesmo, diz baixinho, não conta para os outros, mas estou escrevendo algo que acredito que vai superar o primeiro. E põe a mão numa gaveta, dando a entender que é o que faz quando fica horas digitando, pedindo para não ser incomodado. Podemos até mesmo trocar figurinhas, posso ler seus rascunhos, te ajudar. Pensa nisso.

Penso que ele realmente sabe contar uma história e não duvido que saiba escrever. Mas a maneira como transformou um assunto todo meu em algo tão dele me fez ver que não tem a menor capacidade de entender minha decisão. Penso que não quero perder mais tempo explicando a uma pessoa que escreve e está ali nesse lugar, na minha frente, tão encantada com o seu próprio passado. A distância dele da compreensão fica imensa e de mim fica espacial. Séculos-luz. Decido levantar e dizer ok, vou pensar e simplesmente me dirigir ao departamento de pessoal. Considerá-lo avisado.

Saí da sala. Flutuei no espaço, desconectada, em algum lugar entre a Terra e a Lua, olhando meus colegas como se fossem planetas desabitados, vazios, muito distantes de mim. Enxerguei todo o sistema: Soturno, Morte, Vânus, Jápitei, Meuturno, Irano. Olhei para trás naquele vácuo e o Sóu sorriu satisfeito, como se tivesse conseguido manter a sua força gravitacional. A Turra aqui não ia mudar de ideia.

Corro para anotar. Essa imagem é boa demais. Falta um planeta. Depois penso. Ou deixo a Ruth de fora desse sistema. Ela vem com cara de "e aí?", mas não tenho tempo agora, tenho muito que decidir. E precisa ser hoje. Gosto dela porque entende sem eu falar. Passa reto rodando os dedos como quem diz "depois". Sento de volta na minha cadeira, aterrissando. A cadeira faz barulho quando me ajeito para colocar os cotovelos na mesa. Agora não me importo mais. Se querem me olhar, que olhem. Tem vida neste planeta aqui. Podem olhar, astros de filme mudo.

Não gosto muito do que penso, mas não posso evitar. Ele tem razão em uma coisa. Eu posso escrever e continuar a trabalhar ali. Não acabei de criar uma imagem sobre aquelas pessoas que é interessante? Então, posso escrever em qualquer lugar. Bato na minha cara. Tá doida? Pois não acredita mais no poder broxante de um emprego como este? Não acredita mais na proteção da alma para a criação livre? Vai ficar atrás da rede, gatinho? Levanto, decidida. Vou ao RH. Desço a escada, sigo o corredor, pulo os buracos no carpete, vejo uma festinha de aniversário, sinto o cheiro de café frio, atravesso o pátio, passo o fumódromo, Jápitei está lá, ainda pitando, me dá um sorrisinho, começo a suar, entro no outro prédio, subo a escada, ando pelo corredor sem carpete, esse prédio é melhor porque aqui fica a presidência, olho pelo vidro, entro. Raimundo está? Sim. Posso falar com ele? Um minuto. Pode. Entro.

Ele é uma pessoa que nasceu para ouvir outra pessoa. Parece que já veio ao mundo com aqueles óculos para olhar por cima deles de um jeito frágil, que desmancha qualquer intenção de agressividade. Parece entender de gente. Pelo menos de gente que trabalha em lugares como aquele; gente colérica que sorri. É tão velho... desde quando é gerente de RH? Nunca perguntei. Ele responde. Gerente tem dez anos, mas fiquei outros quinze como analista. Mais que o tempo que eu vivi! Será que sou rápida demais em acumular indignação? Enquanto eu mamava e enchia fraldas ele preenchia formulários. Sua cara não é compreensiva, isso é cansaço. "O que me mata é o cotidiano. Eu queria só exceções", me veio à cabeça Clarice. Que, aliás, me vem sempre que o humano se mostra nu na minha frente. Quando não enxergo o nome, o cargo, a história e o outro se mostra assim, só pessoa, só verdade, irmã, espelho. Eu vi naqueles olhos todo o meu futuro astênico. Como faço para me demitir?

De novo aqueles segundos em que cabem coisas idosas como: essa menina não sabe de nada da vida, é impulsiva como todos os jovens, será que ouvi direito, será que ela quer chamar a atenção apenas. Ajeita os óculos sem falar nada, levanta, pega um formulário no arquivo cinza que tem no canto da sala, uma pasta suspensa marrom em outra gaveta com meu nome, folheia as páginas dentro de plásticos transparentes. Pergunta quem é meu chefe, me empurra o formulário e pede para preencher. Faço no automático. Coisa que fiz ali foi preencher formulários, matrícula, nome, área, motivo. Motivo. Isso de novo. Ele não vai me perguntar? Não vou falar mais nada? Nenhuma resistência? Ele me olha bovinamente. Baixo os olhos e começo a preencher esse retângulo maior de todos. Imensamente questionador. Mais do que meu chefe e mais do que ele. Não tinha pensado nisso, tinha ensaiado falar. E o retângulo inquiridor me mandava escrever.

Escrever. É esse o Motivo. Mas não é essa a maneira. Pego mais firme na caneta e começo a desenhar meu destino naquele papel: Convite para uma melhor oportunidade de viver.

FOTO DE DESPEDIDA

Fizemos um grande esforço para que a foto imprimisse uma boa lembrança daquele momento para ambos. Por muito tempo, seria a única imagem que teríamos um do outro para atender aos olhos mortos de saudade. Mandei imprimir duas cópias, para que ele tivesse a mesma experiência que eu segurando aquela reprodução.

Era um abraço de homens. Abraço de homem é assim, bruto, corpos eretos, sem muito sorriso, nada de juntar as cabeças ou encostar os quadris. O olhar é firme e direto para a câmera; nada de olhar um para o outro ou mesmo um para o teto e o outro para o chão. Olhar direto para quem vê, certos de que o sentimento que envolvia nós dois seria entendido só por quem é entendido.

A foto ficou ótima. Ele tinha toda a beleza conservada naquela imagem, o sorriso apenas prometido, que me conquistou de cara, o corpo bem-feito, a boca, o topete atrapalhado. Não se via tristeza em nossos rostos. Quando entreguei a ele a sua cópia, concordou comigo. E me disse o que de mais lindo ouvi de sua boca. Que era a última vez que eu via aquela fotografia assim, inteira, lisa, brilhante. Os apertos doloridos da saudade, as lágrimas e os beijos iriam deformar e tirar a nitidez. E quando não pudesse mais ver o meu rosto, aí, então, iria me procurar por todo lugar, para beijar a imagem viva do seu amor.

Decidi muito antes de conhecê-lo que ia viajar por todo o mundo àquela altura da minha vida. Ia à procura de sentido para os modos que o homem escolhe para viver, uma mesma espécie, com as mesmas necessidades básicas, em um planeta tão cheio de diversidade. Desde muito menino procurava por respostas. Todas as minhas perguntas de criança tinham natureza filosófica. Eu ia reportar minha experiência e vender a história, filmada e escrita, por meio impresso ou digital. Havia a possibilidade, inclusive, da produção de um seriado, dependendo da qualidade das filmagens. Foi um planejamento de anos e fiz diversos cursos nessa intenção. Já a graduação foi em jornalismo e também filosofia. Depois, fui aprendendo mais sobre produção de vídeos, fotografia, sociologia, antropologia, tudo o que aguçasse meu olhar para o homem e seus feitos. E, ao fim do preparo, tive o aprendizado mais importante: o amor.

Era uma imersão solitária, não podia levá-lo mesmo que ele pudesse ir e não podia dividir nada, em tempo real, com alguém especial. Tínhamos que ser eu e a minha conversa com o mundo todo. Então, aquilo era uma despedida por um tempo longo o suficiente para mudarmos muito, mudarmos de roupa, de casa, de ideia. A foto imortalizava o momento em que nos amávamos para conseguirmos, através dela, recuperar o sentimento. Ou talvez só mesmo guardar naquele retângulo a imensidão do que gozamos juntos nos últimos dias em que convivemos. E como foram vividos! Vívidos. Ardentes, fervorosos, vivos. Nada em toda a minha existência tinha me proporcionado sensação igual. E a dor da separação era o maior peso da minha bagagem.

A GAVETA
DO NADA

O que você tem? Nada. Em que está pensando? Em nada. Essas respostas sempre me tiram do eixo. Que nada é esse? É "nada que lhe interesse", "nada que lhe diga respeito" ou é nada mesmo? Não consigo nem mesmo conceber esse "nada mesmo". Assisti à palestra do pastor Cláudio Duarte, que fala da gaveta do nada que os homens têm e que nós, mulheres, não conseguimos entender, pois não a temos. Será? Ele é homem e pode ter elaborado uma boa explicação para livrar seus amigos de gênero das perguntas sem ar das mulheres, que respiram entrar em cada canto escondido das mentes de seus companheiros.

Para mim, nada é abrir a geladeira com fome e ter só água, manteiga e alface. Nada é olhar meu filho à procura de algum problema e vê-lo feliz brincando. Nada é a minha mãe ao telefone dizendo que está se sentindo bem. Nada tem a ver com a ordem das coisas, os trilhos. Exceto em uma situação, em que se torna algo completamente oposto, um descarrilamento de trem-bala: o nada do meu marido. Nada é um mundo imenso em que eu não existo. É ele pensando em me abandonar ou me trair. É ele pensando na gostosa que trabalha a seu lado e que ele todo dia deseja ardentemente. É ele com saudade de quando era solteiro, arrependido de ter escolhido se casar comigo. É a minha morte.

Ele penetra nesse mundo do nada com o olhar perdido e um silêncio infindável de até cinco minutos, o controle na mão, sem rir ou falar, sem reclamar dos comentários dos apresentadores. Outras vezes, ele dispensa até mesmo o fingimento da TV ligada e a fuga acontece quando saímos juntos com nosso filho. Acontece em um parque, andando vidrado nos seus próprios passos, sem ligar para os vários "papais" ditos pelo Carlinhos.

Eu preciso saber se, para ele, eu vivo em um mundo pior, junto com as dívidas, a política, o engarrafamento, o rebaixamento do seu time para a série B. Eu quero entrar lá e olhar o que acontece; ver se lá ele sorri mais, ainda dança, mantém olhos brilhantes. Se lá ele não termina todo dia cansado e vira e dorme. Se lá ele nota a camisola nova e sabe que precisa de alguém também. Quero ver se lá eu reencontro o olhar apaixonado que ele já teve um dia e que ainda não esqueci, apesar do tempo. Talvez eu reencontre nesse olhar a mulher que eu era, de cintura fina, cabelo longo, cerveja na mão, sambando e rindo. Será, então, que ele vai lá para me encontrar? Lá eu não morri, afinal?

Só que eu não tenho saudade dessa que fui. Era insegura, apesar de tudo, e procurava ansiosa por um amor. Sofria atrás do copo de cerveja. O samba alto abafava a solidão. Então, por que eu quero tentar entrar nesse lugar? Não é para me procurar. É porque eu preciso saber, por mais que doa, se na verdade ainda estou só, iludida em uma rotina que me ocupa, lograda pelo "bom dia, amor" automáticos, pelas contas pagas em dia e por um corpo presente, mas sem um pedaço da alma, o pedaço que voa, que ama, que é feliz. O pedaço que vive nesse mundo que ele chama de Nada. Preciso saber se a alegria desse casamento é só minha. Mesmo que isso me faça despencar em um poço com um fundo muito fundo, mas essa é uma tragédia que só ele poderia evitar.

Eu olhava para seus pés caminhando, tentando enxergar a porta desse lugar. Carlinhos desistiu de chamar pelo pai, nos largou e foi correndo na frente. Olhei a mão dele sem procurar pela minha, voltando para o bolso da calça. Parei e ele continuou a andar, com a cabeça ainda baixa, sem mudar seu passo. Só depois de um tempo muito longo para mim é que ele parou, olhou para trás me procurando e perguntou "o que foi?". E eu respondi: "eu caí e ninguém me segurou".

A VIDA SUPERA.
IMPERA.

Estava escrevendo um texto sobre a impossibilidade de solução para os problemas com o Estado Islâmico quando pensou ouvir um grito. Mas era algo tão lancinante que imaginou ter sido fruto da sua mente absorta em degolações de inocentes infiéis. Estava adorando, como sempre, mostrar em tintas fortes a nua e crua verdade sobre a iniquidade humana. O som se repetiu e, desta vez, dizia o seu nome. Resolveu prestar atenção e escutou um terceiro berro, reconhecendo a voz da lavadeira. Tinha se esquecido de que ela estava lá. Foi ao seu encontro e viu a materialização de todos os horrores que serviam de pano de fundo ao seu artigo.

Ela estava agachada na área de serviço, quase debaixo do tanque, com um véu de sofrimento cobrindo seu rosto normalmente risonho, ensopada de suor, cercada por um líquido viscoso misturado com um pouco de sangue. Ainda não conseguia acreditar no que via quando a ouviu gritar "eu vou ter o meu bebê". O choque tomou conta do corpo. Tudo o que mais abominava estava ali na sua frente, exigindo sua intervenção: outra pessoa, sujeira, barulho. Era muito para ele, mas era impossível ignorar. Sentiu-se flechado por uma seta envenenada.

O dinheiro que todos gastavam com roupas, restaurantes e viagens ele gastava na manutenção da limpeza e da ordem. Tinha faxineira, lavadeira e cozinheira para não se deparar com nenhum grão de poeira, gordura ou sujeira em suas coisas. Era a sua mania. Além, claro, da mania de desprezar as outras pessoas (não era nada específico; o problema era com toda a humanidade). Demorou muito para encontrar gente capaz de fazer tudo do jeito que ele queria, sem fazer críticas ou sugestões – hábitos deploráveis dos seres humanos. Agora tinha ajudantes que se tornaram fiéis, pois tinham pouco trabalho e ganhavam muito bem.

Não se podia dizer que era feio, apenas não tinha vaidade. Cortava o cabelo no barbeiro mais próximo, assim que conseguia pegar uma mecha com dois dedos. Não escolhia corte; era máquina dois e pronto. Só não fazia isso sozinho em casa porque tinha mais horror de cabelo na pia do que das toscas conversas de barbearia. Além das compras semanais, de comida e produtos de limpeza, era o único lugar ao qual ia nas suas raras saídas.

Obviamente, não tinha amigos. Gostava de ler, de ver televisão, escrever e dormir. Pensava muito e sabia que os seus pensamentos não eram para ser discutidos. Já tinha tentado, anos atrás, mas terminava sempre irritado com o imperativo da burrice, como costumava dizer. Terminou por concluir que o problema era de origem: veio com os primeiros hominídeos. Então, ficava calado. Podia passar dias sem falar uma palavra e isso não o incomodava nem um pouco. Balançava a cabeça nos "bom dia" das empregadas e, de novo, nos "até amanhã".

Uma boa parte dos seus pensamentos, escrevia e mandava para a revista para a qual trabalhava. Alguém devia gostar, pois tinha sempre novas demandas e dinheiro na conta. Mas nunca respondeu a um leitor. Isso seria apenas a virtualização das discussões que queria evitar. Então, havia alguém na redação para escrever respostas, se assim a revista decidisse. Tinha sido essa a condição ao ser contratado. Na verdade, nem sabia se algum leitor tinha perguntas a respeito de seus textos. Não lia a revista.

Outro grito estridente o tirou violentamente do torpor no qual se achava, de pé, em sua área de serviço. Ordenava alguma atitude sua: "me ajude, pelo amor de Deus". Girou duas vezes em torno do próprio corpo, tentando encontrar alguém para ajudar aquela criatura. Viu-se completamente só. Nunca a solidão o havia incomodado antes. Falou quase sem voz: "o que eu faço?". "Me dá sua mão", ela berrou. O horror percorreu seus membros como um arrepio. A mão dela estava embebida numa mistura de suor, sangue e do líquido vazando das suas entranhas. Não conseguiu fazer o que ela pedia e correu para o telefone para chamar o SAMU. Quis sair pela porta e esperar por eles na rua, mas quando a abriu ela gritou de novo: "seu Marcelo, não me deixa sozinha".

O que era aquilo tudo? Uma prova? Um castigo? Ele nem tinha notado a gravidez. Ninguém fica grávida assim de repente. Lembrou-se de um dia ter visto ela e a cozinheira conversando e uma estava tocando a barriga da outra, mas nem deu tempo de esboçarem qualquer explicação, porque se separaram assim que o viram. Elas sabiam que ele não gostava de conversas, o que poderia distraí-las da limpeza da casa. E agora era obrigado a participar daquilo e, ainda por cima, de uma forma tão dramática?

Percebeu que alguma compaixão pela humanidade se revelava, pois suas pernas o levaram de volta à área de serviço. Ela, assim que o viu, esticou o braço e abriu bem os dedos da mão em sua direção, suplicando pelo seu toque. Morto de nojo, ele pegou a mão e sentiu um aperto tão forte, quase impossível para uma mulher tão franzina. Mas não retirou a ajuda. Agachou ao seu lado, tomando cuidado para não sujar o roupão. Ela subiu um pouco mais a saia e fez o pedido impensável: "olha se o senhor vê alguma coisa", apontando para o meio de suas pernas e desferindo um berro agudo em seguida.

Falou desesperado: "o SAMU está chegando". Ao que ela respondeu: "não vai dar tempo! Ele tá saindo!". Do pânico ele passou à raiva. Como ela tinha deixado chegar àquele ponto? Mulher irresponsável! Onde estava o marido dela? Por que tinha ido para a casa dele naquelas condições? Não sabia que pensava e falava ao mesmo tempo e recebeu dela um olhar nunca visto antes em sua vida. Era de uma entrega e fragilidade tão imensas que ele se rendeu, afinal, e deu a sua outra mão para ela segurar, perguntando: "que eu faço?". "Olha", disse ela. E ele viu.

Viu um ser saindo de outro, uma cena aterrorizante e linda entrando por todos os sentidos. "Ele está saindo". "Segura. Não deixa ele cair nesse chão duro". E soltou um comprido, grosso e profundo grito de dor. Ele soltou as mãos dela e aparou com as suas um monte de carne sanguinolenta, quente, úmida e pulsante. Demorou alguns instantes até reconhecer ali olhos, nariz, boca aberta, chorosa. Ele nunca havia segurado sequer um bebê limpo e silencioso e agora tinha um milagre nas mãos. Ficou estupefato. Sangue, gritos, dor não geravam somente a morte. Isso era algo insanamente maravilhoso. Nunca havia tocado em nada tão sujo e estava tocando na vida, em sua forma mais pura, frágil e mágica. Suas mãos estavam imersas em imundície e em vida pura. Aquela experiência era a mais forte e transformadora que qualquer pessoa poderia testemunhar.

Foi acordado desse enlevo com a voz fraca e plena de amor da mulher lhe pedindo o filho. Entregou o bebê e imediatamente olhou para suas próprias mãos ensanguentadas, meladas, preguentas. Não era pó, gordura, sujeira. Era vida.

Sentiu o empurrão dos enfermeiros para alcançar a mãe. Um deles, vendo-o naquela posição, estático, roupão imundo, de olhos fixos nas mãos, disse: "pode deixar com a gente agora, você foi muito bem". Só então percebeu a presença deles e saiu para abrir espaço naquela área minúscula. Foi para o banheiro a passos lentos. Ainda ficou um bom tempo olhando a água escorrer sem colocar as mãos debaixo da torneira, refletindo sobre tudo que acabara de acontecer.

Seis meses depois ele estava em uma festa no bairro simples da periferia, pessoas faziam questão de lhe dar abraços e beijos, ao que ele não repelia. Pelo contrário, estava feliz como nunca e retribuía o carinho de todos. Tinha perdido a conta das repetições do seu relato da história do nascimento do menino que havia mudado sua vida tão completamente, a quem acabara de batizar. Foi quando uma mão longa, de unhas limpas, bem cuidadas, cheirosa e morena apareceu esticada diante de seus olhos. E a voz mais melodiosa que já ouviu disse: "Prazer, Leda, tia do Marcelinho".

ALÔ

Alô
Maura?
Oi, quem é?
Não reconhece mais a minha voz?
Olha, eu tô um pouco ocupada.
Não quer nem tentar adivinhar?
Ô Lu, não está fazendo hora comigo logo hoje, né?
Não é a Lu.
Não? Então não sei mesmo.
Por que disse logo hoje?
Olha, não me leve a mal, mas preciso desligar.
Tá bem, é a Júlia.
Que Júlia?
Ah não! Você se esqueceu que tem uma irmã chamada Júlia também?

Infelizmente, não.
Por favor, Maura, não faz assim.
Há, há, há, tá de brincadeira, né?
Não estou. Demorei a ter coragem de ligar.
Sim! Cinco anos.
Não foi tudo isso.
Eu sei contar o tempo. Você sumiu no dia do meu casamento.
Eu sei. Tô dizendo que não levei tanto tempo para ter coragem de ligar.
Ah é? Levou quanto, então?
Só alguns dias.

E ficou fazendo o que nos outros quatros anos, 11 meses e tanto?
Você está bem?
Não acha que tem que responder primeiro as minhas perguntas?
Eu não sei se posso responder.
Então pode desligar. Não vou bater um papinho como se tivesse ido passar o fim de semana fora.
Você não vai facilitar?
Tá de gozação, né? Quem facilitou as coisas pra mim nesse tempo todo que fiquei sozinha? Você me deixou recém-casada com a mamãe. Tive que voltar da lua-de-mel antes do tempo. Quer que eu facilite pra você agora?
Mas não deu tempo de passar a raiva?
Tenta de novo daqui a cinquenta anos, quem sabe.
Maura, eu tive que ir.
Tenho certeza que tem uma boa razão pra você mesma, mas que não vale nada pra mais ninguém. Vem cá, o que você quer, hein?
Saber se posso voltar.
Voltar? Pra onde?
Pra casa, ué. Pra vocês. Pra mamãe.
Cara de pau!
Maura!
Ô Júlia, deixa de ser cagona! Se eu disser que não, você continua sumida, é isso? Liga antes pra saber se vai ter comissão de boas-vindas? Covarde!
Você não sabe o que eu enfrentei esses anos.
E nem quero saber. Vou contar o que eu enfrentei. Adiei bebê, adiei planos, quase perdi meu casamento.
Como assim?
Não te interessa. Não me interessa o que você passou. O que você quer? Dinheiro? Herança?
Herança? Que herança?

Ah, tá bom, Júlia! Já saquei que só ligou agora porque soube que a mamãe morreu.

Alô!
Mamãe morreu?
Puta que o pariu!
Maura! Mamãe morreu?!
De desgosto, de tristeza, porque apesar de tudo que você fez, ainda ficava esperando por você, ficava se culpando. O câncer voltou de vez. Deu um trabalhão. Larguei marido de lado, passei a cuidar só dela. Quase que ele me largou. Tivemos que interná-la.
Internaram a mamãe?
Eu não lhe devo satisfação. Anota um número aí.
Que número?
Do advogado. Seu Arquimedes.
Pra quê?
Pra você saber do andamento do processo da herança, dos seus direitos. E não me encher o saco.
Mas Maura, eu quero te ver. Quero voltar pra casa.
Você pode querer. Faz o que você quer, como sempre. Não é assim que sempre funcionou? Por que tá perguntando antes agora?
Não tô perguntando. Tô avisando, quer dizer, queria avisar à mamãe, prepará-la, mas...
Chegou tarde. Demorou demais.
Eu não podia antes.
É sempre tudo no seu tempo, não é? A morte não, querida irmãzinha, essa vem quando ela quer.
Não seja tão cruel comigo. Dá um tempo. Achei que a mamãe tava viva, que ia falar com ela. Quando foi?
Segunda.
O quê?! Meu Deus!
É, Júlia. Hoje foi a missa de sétimo dia.

Você não podia ter errado mais. Se tivesse ligado antes, quem sabe ela até sobreviveria mais um tempo?
Não faz isso.
Ô Júlia, diz logo, você ligou justo hoje por quê?
Porque só hoje eu fui solta.
Solta? Como assim?
Eu estava presa, Maura. Passei boa parte desse tempo todo na cadeia.
Tá de brincadeira de mau gosto?
Não, quem dera. Você tá? É verdade que mamãe morreu?
Segunda-feira, já disse. Presa por quê?
Tráfico.
O quê? Júlia! Foi aquele bandido, né?
Foi. Ele me apareceu no dia do seu casamento, aproveitamos que tava todo mundo distraído e fugimos.
Mas é uma burra mesmo.
Eu amava ele demais.
Burra demais, isso sim. Mas como aquele diabo descobriu meu casamento?
Sei lá. Ele me amava também. Isso vocês nunca entenderam.
Valeu a pena seguir seu coração?
Você não sabe o que é isso. Casou por interesse.
Casei por inteligência, coisa que você nunca teve.
Pois vivi coisas que você nunca viverá.
Deus me livre! Cadeia? Dispenso.
Não é disso que estou falando.
Olha, nem quero saber do que está falando. Anota aí, nove oito sete cinco…
Eu não vou anotar. Eu não quero saber disso. Eu quero ver a mamãe. Onde ela está?
No cemitério.
Qual, Maura.

No da Saudade. Pergunta lá o nome, você deve lembrar, se se lembrou do telefone.

Ela tá junto do papai?

Se Deus quiser. Vai ver até de mãos dadas, chorando de tristeza por sua causa.

Eu sei que eles me perdoariam.

É bom pensar assim, porque eu nunca vou.

Você não entende? Eu tinha que ir embora. Eu tava sofrendo muito desde que nos mudamos para me separarem dele. Quando o vi de novo, nem pensei, pulei no carro e fui. Achei que era pra voltar, mas depois eu vi que era uma viagem e não dava mais pra voltar atrás.

Você não pensa mesmo em mais ninguém, eu sei como é. Só no seu umbigo. E eu, que me mudei por sua causa? Mudei a minha vida inteira, perdi amigos, perdi emprego porque a princesinha estava em apuros, tinha se metido com bandidos. Cabeça de vento egoísta!

Eu não queria me mudar também.

Ah, tá. Queria se meter na favela, virar mulher do tráfico e trazer bandido pra dentro de casa.

Não. Ele ia largar tudo pra ficar comigo, endireitar a vida. Ele me amava de verdade. Mas quando vocês me levaram embora, as chances dele acabaram. E quando me achou, estava fugindo da facção. A gente tinha que ir logo e pra outro país. Eu não podia chamar ele pra entrar e conversar. Era entrar no carro correndo ou nunca mais vê-lo!

E por que estragou o meu casamento, a minha festa? Mamãe quando deu por sua falta só chorava. Por que não deu um telefonema?

Não podia! Ele tava sendo seguido, tinha medo de ser morto, vocês ficariam na mira deles. Maura, eu nunca quis estragar seu casamento, eu não sabia que ele ia aparecer. Vê se me entende.

Eu não quero entender você. Mamãe adoeceu de novo. Definhou. Chorava por você. E eu tive que cuidar dela.

Você a internou.
Se você estivesse aqui, não seria necessário.
Eu tava presa.
Onde?
Na Urso Branco.
O quê?
Rondônia.
Você está em Rondônia?
Sim.
Júlia, o que você fez com sua vida?
A gente fugiu pro norte. Conseguimos passar a fronteira. Ele tinha amigos em Santa Cruz de La Sierra. Mas entregaram ele. Mataram ele. Eu fui presa. Quatro anos e seis meses. Não tinham nada contra mim, ele não traficava mais. Mas o advogado era péssimo. Arranjei outro só há alguns meses e ele conseguiu me tirar. Hoje.
Por que não entrou em contato nesse tempo todo? A mamãe ia te ajudar.
Porque achei que ela ia morrer se soubesse que eu estava presa.
Morreu de não saber onde você estava.
Eu achava o tempo todo que ia sair logo.
Você vive em outro mundo.
Eu preciso de dinheiro pra voltar.
Se vira.
Maura, eu não acredito.
Quer ou não quer o telefone do advogado? Pega dinheiro da herança e volta pra onde você quiser, pro raio que a parta!
Eu não tô acreditando.
Eu passei a minha vida inteira gravitando em torno da sua vida. Estragou tudo que eu tinha, quase estragou o meu casamento, e agora acha mesmo que eu quero você perto de mim?
A mamãe ia gostar de nos ver juntas.

Vai te catar! Chantagem barata. Quer o número ou não? Última chance.

Fala.

Nove nove oito sete cinco doze treze.

O nome.

Ar-qui-me-des. Santana. Vou desligar.

Se eu conseguir voltar, eu vou poder te procurar?

Mas você é impressionante mesmo. Não ouviu nada do que eu disse? Ah, já sei. Só ouviu o que te interessa.

Maura, eu não tenho mais ninguém.

Tem você mesma. Isso te bastou sempre. Tá procurando outro pra se escorar? Eu vou viver meu casamento, afinal.

Você está sendo egoísta.

Eu posso! Agora eu posso, graças a Deus.

Mãe.

O que foi isso?

Já vou, espera.

Maura? Você é mãe? Eu tenho sobrinhos?

Não, Júlia, você não existe. A tia Júlia sumiu no mundo com um bandido.

Tia Júlia... Como ele se chama?

É ela.

Como?

Sabrina.

O nome da nossa boneca.

Da minha boneca. Você não existe.

Maura, eu já paguei pelos meus erros. Eu fiquei presa, mesmo sem provas contra mim. Paguei por ter amado demais, por ter largado vocês, por ter...

Matado a mamãe.

Maura!

Nunca, entendeu, nem que viva a vida toda na cadeia vai pagar por isso. Júlia, escuta bem. Eu nunca mais quero ver você na minha vida. Ficou claro? Nun-ca.
Por favor.
Eu vou desligar. Adeus.
Maura, por favor.
Eu te odeio!

PODRE
DE RICO

Marcelo não comia. Simplesmente não comia. A mãe ficava desesperada e já tinha tentado tudo que havia lido ou ouvido sobre crianças que não comiam. Apesar disso, milagrosamente, ele não morria ou emagrecia demais, mantendo aquela aparência de pele e osso que muita criança comilona também tem. Mas tanto cansou a mãe e as tias, e as tias e mães das outras crianças, que todo mundo desistiu. E deixaram que Marcelo não comesse.

Ele cresceu e se tornou um homem grande. Não parecia ter feito falta qualquer nutriente, pois, na verdade, Marcelo era muito inteligente e puxou de algum parente antigo, tão antigo que ninguém tinha foto guardada, uns olhos enormes. Sempre chamaram a atenção. Quando criança, as pessoas achavam que a desarmonia entre olhos e o resto era por conta do corpo de criança que não comia. E falavam tanto que ele tinha os olhos maiores que o estômago que ele achava que tinham inventado essa frase por sua causa. Cresceu e seus olhos ainda causavam espanto aos demais, assim como o fato de não comer. Mas encerrava qualquer conversa sobre esse assunto dizendo "tenho os olhos maiores que o estômago", todos riam e assim mudava o rumo da prosa de um jeito bem-humorado.

Marcelo não ficava chateado com a atenção que atraía por ser diferente. Criou seu próprio mundo, no qual não havia lugar para os comentários sobre si. Era tanta gente interessante que havia descoberto tanta coisa e escrito tantos livros e fórmulas e teoremas fantásticos! Como a sua pessoa podia ter valor? Não entendia a importância dele como assunto e perdia o interesse pelas pessoas que falavam dele. Simplesmente voltava para os seus cadernos e livros. E, assim, ia se isolando e se destacando nas escolas, até tornar-se um profissional excepcional e ganhar muito dinheiro.

Ele resolvia os problemas de todos com o dinheiro deles, fazendo contas e projeções, adivinhando ganhos e apontando caminhos que traziam ainda mais dinheiro para eles. Com isso, Marcelo ficou rico, porque as pessoas ficavam tão felizes com o que ganhavam que davam para ele mais e mais. E nem sabia o que fazer com tanto dinheiro, mas não adiantava recusar. Criou uma obsessão estranha por comida.

Estranha porque ele não comia, então não dava utilidade ao que comprava. Ia ao supermercado como todos e comprava muitos carrinhos de carnes, temperos, frutas, verduras, biscoitos, chocolates, coisas que ele escolhia pela beleza. Quem ia imaginar que não comia aquilo tudo? Mas eram coisas lindas para ele, que queria possuí-las. Comprava muito. Ia guardando em casa, na geladeira e nos armários. E começou a acumular comida, geladeiras e armários.

Habituado à vida solitária, com seus livros, computador, jornais e números, conseguiu passar longos tempos só trabalhando e fazendo compras nos supermercados mais sofisticados da cidade, gastando um pouco de sua riqueza com os alimentos mais bem embalados que podiam existir. Mas não conseguia gastar todo seu dinheiro com essas compras, porque eram as únicas, e não viajava nem saía de casa. Cada vez ficava mais e mais rico. E mais solitário. Não notou quando as coisas começaram a estragar, mesmo dentro das suas várias geladeiras, porque não sentia o cheiro delas apodrecendo, que começou fraquinho e foi aumentando bem aos poucos. Quando o odor começou a ser sentido pela rua, Marcelo já estava doente. Passou a ter uma febre constante que, a princípio, passava despercebida por ele. Mas foi aumentando até impedi-lo de sair e, depois, de levantar da cama. E ele era tão afastado de todas as pessoas que, quando sua ausência chamou a atenção e decidiram interferir na vida daquele homem solitário, já era tarde. Marcelo, junto com a sua casa, tinha apodrecido.

ZORAIDE
E NINA

A Nina precisa fazer xixi todo dia, às quatro horas da tarde, e eu que levo. Gosto demais dela me puxando. E se ficamos sozinhas, e quase atravessamos uma rua, ela que leva a culpa, não eu. O grito que escuto é "Ninaaa!", e não "Zoraidêêê!".

Passamos todo dia pelos mesmos lugares com a minha mãe. Nina gosta de fazer xixi na mesma planta da pracinha. Passa pela casa do vizinho e já sabe que ali não pode. Colocaram uma placa dizendo assim: você gosta do seu cachorro, eu gosto do meu jardim. Eu sabia ler, mas pra entender foi a minha mãe que explicou.

Eu também gosto da pracinha. Eu queria mesmo era poder fazer xixi ali também. Tem hora que ser cachorro é muito melhor. Minha mãe deixa a Nina solta, correndo sozinha pelo gramado, ir até onde a gente não consegue ver. Eu, ela não deixa nem correr. Um saco!

Eu estava cansada de olhar pra Nina e comecei a olhar para as árvores. Daí eu vi um coisa caindo de um galho. Quando cheguei mais perto, vi que era um filhotinho de passarinho que tinha caído do ninho. Gritei pela mamãe. Tão feinho, com uns olhões fechados e um bico imenso aberto, maiores que o corpinho dele. Me deu vontade de chorar, mas eu já estava grande pra isso e engoli.

Mamãe disse que a gente não podia fazer nada, porque se a mãe passarinha visse a gente colocando ele de volta, nunca mais voltava pro ninho, e os irmãozinhos dele também iam morrer de fome. Ele também não ia sobreviver na nossa casa, porque não comia nada que a gente tinha lá. Ela me disse que era a lei da natureza e me puxou pelo braço pra ir embora.

Eu não entendi. Ele escorregou e caiu daquela altura e não morreu, mas ia morrer de todo jeito? Como a mãe não ia ficar feliz do filhinho voltar? Chorei escondido no quarto, pensando que lei má. Eu nunca mais invejei a Nina por correr solta, porque se eu sumisse não ia poder voltar pra casa nunca mais, mesmo se me achassem.

ASSASSINATO

Disseram-me que nenhum de nós é capaz de cometer assassinatos até que o fazemos. Você diria que sua mãe é capaz de cometer um assassinato? Seu irmão? Seu amigo? Ora, a menos que você seja um belo de um bastardo desconfiado, acredito que a resposta para essa pergunta seja não. Eu era assim. Eu nunca cometeria um assassinato até o momento que o cometi. Dois, aliás. Seguidos. E o julgamento agora se apressava, levando o júri a acreditar em misoginias supersticiosas que lhe gritavam minha culpa, e eu ficava estático, não pensando em nada que não fosse a corrente de ar frio que passava da porta entreaberta para a janela atrás de mim ou de como a sala precisava de uma caprichada mão de tinta.

EFEITO DROSTE

Olhei no espelho e estava gorda. Virei de lado, murchei a barriga. De frente não estava tão ruim assim. Se bem que, se as ancas diminuíssem também, assim, só um pouco... uma plástica? Olhei no espelho e estava magra. Virei de lado com medo de ganhar gordura, mas não, estava ótimo mesmo. Não é só peso que some; somem quilos de tristeza, de rejeição, de idade. Posso vestir de novo a calça jeans apertadinha, a bunda fica linda nela. Olhei no espelho e estava enorme! Como assim? Eu estava magra ontem! O que foi que aconteceu nesse dia? Busquei meus óculos e enxerguei muito bem, e minha cabeça quase não me deixou pensar que tive um delírio. Foi o pão. Só pode.

Bati a porta da rua. Segui de cabeça baixa, ainda deprimida, focando no cimento da calçada, nas linhas que juntavam as placas, nos matinhos nascendo nas frestas. Pensando na bobagem que era me sentir assim por causa de uma imagem, que pode ser interpretada de mil formas diferentes por mil pessoas, pois cada uma tem seu conceito, seu gosto, sua percepção. Achei melhor levantar a cabeça e olhar para onde estava indo. "Tá vendo?" pensei comigo "olha se eu fosse gorda assim como essa? Seria muito pior. Ou essa. Ou esse. Pera aí?!" Comecei a notar que todo mundo que passava por mim estava acima do peso. Barrigudos, ancudos, peitudas, com braços balançando em volta de corpos difíceis de equilibrar sobre os pés. Parei, rodei em volta do meu próprio eixo e, em uma visão de 360 graus de uma rua cheia, todos eram assim. O coração bateu forte, o suor veio na testa, nas mãos, a boca abriu, eles também começaram a me devolver o olhar, indignados ou interrogativos, porque eu estava parada na calçada, atrapalhando o trânsito, girando, com a cara mais espantada possível.

Um jovem pesando uns 140 quilos parou e me perguntou se eu estava perdida, se precisava de ajuda, e eu só pude olhar ele de baixo acima até cruzar com seu olhar, tão doce e entregue, que morri de vergonha e saí correndo. Fui até onde meu pouco fôlego aguentou, uns dois quarteirões depois, e parei encostada em um prédio com as mãos nos joelhos, de novo olhando para os meus pés, recuperando o ar e a lógica. Levantei muito devagar a cabeça para evitar a tontura, mas principalmente para dar tempo de tudo voltar a ser como era antes. Com a cabeça alinhada no pescoço, resolvi abrir os olhos e deu certo. Tudo voltou ao normal. Segui o caminho com os passos e a cabeça confusos, tentando compreender.

Cheguei em casa à noite e, por via das dúvidas, evitei o espelho. Comecei a achar que a cabeça tinha razão desde o princípio e eu tinha delirado. Dormi tranquila e, pela manhã, tomei meu café e me arrumei para o trabalho como de costume. Trabalho sozinha numa sala pequena, que foi alugada para eu variar de home office. Entro e não interajo muito no prédio, que também é pequeno. O banheiro ao lado, assim como o café, torna quase tudo exclusivo, porque as salas do meu andar estão vazias. Eu precisei me olhar no espelho, pois, apesar de saber de cor como ficava aquela roupa em mim, não tinha tanta segurança em sair sem me olhar. Inquieta, ergui os olhos e fechei, abri de novo, esfreguei para garantir que nada estava fora do lugar. Vi o que era necessário. Saí. Coloquei os óculos escuros, porque poderiam disfarçar o meu espanto, caso as coisas estivessem diferentes mais uma vez. E estavam. Era um desfile de ossos batendo dentro de roupas soltas. A não ser por alguns vestidos e acessórios, os esqueletos ambulantes pareciam todos iguais, sem distinção de gênero. Continuei a caminhar com a mente em frangalhos. Virava meus olhos atrás das lentes escuras, procurando por alguém que estivesse normal como eu há poucos minutos, no espelho da minha casa. Não corri, só apressei o passo, até porque poderia cair com a visão embaçada por tantas lágrimas, que escorriam por trás das lentes. Parei na esquina, esperando o sinal fechar, fixada nas mãos magras demais segurando os volantes dos carros que passavam a toda velocidade. As gotas começaram a marcar minha camisa e escutei uma voz familiar me dizendo que eu precisava aceitar a ajuda. Senti seu olhar insistente e me virei para ver os mesmos olhos doces me encarando, dentro de órbitas enormes, num meio sorriso estranho em lábios finos demais, que deixavam à mostra quase todos os dentes. Não podia retribuir com horror e minha voz saiu estranha no esforço de conter a emoção em um inaudível "obrigada", dito antes de sair correndo para atravessar a rua quase no fim do tempo de sinal fechado, deixando ele para trás. Entrei na farmácia do outro quarteirão e acho que desmaiei, pois abri o olho deitada numa pequena maca, com uma pessoa medindo minha pressão, que não estava diferente, e isso ajudou a me deixarem ir embora. Daí em diante e pelo resto do dia não vi nada mais de diferente, porque evitei olhar.

    Não encaro mais ninguém. Nem eu mesma no espelho de casa. Vou para o trabalho e volto olhando para o chão, com medo do que não posso explicar. Passei a não me importar com o que via, já que não me trazia nada de compreensão. Trabalhava ouvindo e gravando a tradução de textos, de olhos fechados, com a tela do computador. Já não me importava mais como as pessoas estavam, se magras ou obesas. Ouvia o chocalho dos ossos ou sentia o andar roliço e preguiçoso, dia sim, dia não, no mesmo fluxo do trânsito que ora era cheio de buzinas, ora não, ou da campainha do elevador, que tocava raramente, se chegava no meu andar, a máquina de café que tinha dia que funcionava. Não estava cega, mas insensível, como alguns daltônicos são para certas cores. Informações visuais não afetavam mais meu cérebro como antes, que não registrava mais o limite corporal. Andava de cabeça erguida, discretamente procurando aqueles olhos dos dias de maior aflição e espanto entre tantas imagens confusas, que atormentavam o meu juízo naqueles dias. E pensar que foi justamente os olhos de outra pessoa, num olhar direto, que definiram um ponto de referência em meio a todo caos. Meus olhos olhando para olhos que olhavam. Uma imagem dentro de uma imagem, um olho que vê meu olho, no efeito Droste infinito, eterno, terno, num segundo, o reflexo de uma reflexão. Como uma música que fica tocando ao fundo dos pensamentos, aqueles olhos apareciam sempre em tudo o que eu via, ou melhor, em tudo o que eu não via mais. Ia e voltava pelo mesmo caminho com meus quatro sentidos ligados para captar no vento a presença deles.

"Você tá bem? ". Afinal, os olhos se juntaram à voz, que encontraram meus olhos e os meus ouvidos que procuravam. Olhei. E vi, peguei, ouvi, cheirei, lambi e falei. "Agora sim estou bem, porque eu olho e te vejo me vendo que te vi. Não repara, mas tudo mudou demais em mim. Não me interessa mais o que me interessava, e o que importava não importou pra você desde o primeiro dia, que você só percebeu o que eu não vi. Agora, não vejo mais o que eu via, mas o que você viu. Você foi muito fundo e dentro, virou do avesso, o corpo não importava, mas a alma que saiu pra fora, na força de um olhar. "

ELE TINHA QUE SE ACALMAR

A mão tremia demais e não conseguia abrir o frasco. Por que tinha que ser com sistema anticriança? Que criança iria ficar perto de uma pessoa como ele? Será que ninguém pensou que um remédio de Parkinson seria aberto por uma pessoa com mãos trêmulas? A crise estava forte, e a verdade é que tinha pulado uma dose. Apagou depois do almoço, quando chegou em casa. Quando ela estava morando ali, vinha acordá-lo para tomar o remédio, dava na hora certa e, por isso, ele nunca tinha tido uma crise daquelas. Mas isso o colocava nas mãos dela, que abusou do poder. Quis decidir o que ele comeria e quanto comeria, perdeu a paciência e a botou para fora naquele dia mesmo. A casa era dele, não precisava dela! Precisava era de se acalmar, porque a porcaria do frasco não abria de jeito nenhum. Lembrou-se do calmante. Se tomasse um, conseguiria tomar o remédio. Onde ela tinha escondido o blister? Aposto que em algum lugar que ele não conseguisse alcançar para ela ter o poder de dá-lo quando bem entendesse. Devia estar esperando ele ligar, para pedir ajuda, mas isso ele não ia fazer.

Levantou-se, com muita dificuldade, e não conseguia enfiar os pés no chinelo. Isso só piorou o nervosismo. Desistiu, respirou fundo e resolveu andar descalço. Fechou os olhos para se concentrar, mas até os braços já estavam tremendo e em nada isso ajudava sua tentativa. Era melhor andar mais rápido. Ficou de pé e começou a caminhar em direção à cozinha, segurando com força o frasco na mão, para não deixar cair no chão, o que seria um desastre. Ele mal se mantinha na vertical, não podia baixar a cabeça para procurar coisas caídas. Foi a passos sofridos, um pé de cada vez. Chegou até o armário e colocou o frasco em cima da pia, pois não podia mais segurá-lo. Abriu a porta e viu a caixa de remédios. Puxou até que caísse sobre o mármore, com o fecho para cima, por sorte. Sorte? O fecho da caixa parecia segredo de cofre. Era necessário deslizar uma parte ao mesmo tempo em que se pressionava outra parte. A essa altura ele não tinha a menor condição de fazer essa manobra. Começou a chorar de raiva. Ia ter que pedir ajuda, mas para ela não.

Caminhou ainda mais lentamente até a porta do apartamento. O molho de chaves estava em cima da mesinha. Conseguiu pegá-lo, mas não podia enfiar a chave na fechadura. O tremor já estava quase convulsivo. A calma estava totalmente perdida, os pensamentos desordenados; estava à beira do desespero. Tinha que chamar alguém porque tinha medo de morrer. Pegou o telefone e não conseguiu apertar as teclas. As mãos chacoalhavam, a cabeça estava oca e as lágrimas ensopavam seu rosto. Caiu no chão, sem fala.

E acordou gritando. Ela também acordou e o pegou nos seus braços, tremendo de susto e perguntando "de novo?". Ele só pôde balançar a cabeça que sim. Aquele sonho repetitivo tinha que parar de acontecer, porque ela era frágil por causa da doença e as poucas horas que tinha descanso eram à noite, quando dormia, e ele não deixava. Falou "vou parar de dormir aqui com você". Ela o apertou ainda mais e respondeu "eu nunca vou deixar você ficar sem mim".

ENTREVISTA DE EMPREGO

– Com licença.

Ela entrou na sala um pouco desconfortável naquela roupa engomadinha. O cabelo preso também não ajudava em nada. A mãe disse que ela passaria má impressão se deixasse do jeito que gostava. Não era uma forma de protesto? Concordou que protestos não são bem-vistos nessas ocasiões.

– Olá, pode se sentar aqui, por favor. Bom dia.

Olhou bem nos olhos da entrevistadora para encontrar algum sinal do que deveria responder. Se poderia ser mais natural ou era esperada alguma formalidade. Aquela experiência era muito nova. Ela tinha lido todas as dicas a respeito de entrevistas de emprego, mas tudo era tão contraditório. Já queria ir embora.

– Bem, vamos começar. Eu queria que você se apresentasse pra mim em poucos minutos. Pode começar pelo seu nome, diga o que já fez, porque se interessou pela vaga. Eu te interrompo quando estiver satisfeita.

E sorriu.

Ela não sabia como começar, mas o silêncio poderia ser pior. Então, sem poder se controlar, passou a falar como era chamada em casa, seu apelido de infância, do que gostava de brincar. O rosto da mulher ficou liso, sem traços, como os rostos dos filmes de terror cult que ela gostava de assistir. Percebeu que a sua própria boca se mexia, mas não tinha mais domínio sobre as palavras. E nem podia enxergar a reação da mulher. Daí passou a ver a si mesma sentada na cadeira, com o corpo ereto, de um jeito incomum. Viu a mesa pequena, a mulher na sua frente, parecia a visão de um drone.

– Isso é muito surreal.

Não mexeu a boca para dizer isso. Era ela no alto que dizia, enquanto continuava lá embaixo, gesticulando, emitindo sons que não compreendia. Queria sair pela janela, aproveitar a liberdade. Mas como ia deixar seu corpo para trás? Como ia dizer para ele: "me encontre lá fora"? Melhor descer e aguentar as consequências do que nem sabia mais o que era.

– Já estou satisfeita.
– Não tem nenhuma pergunta?
– Acho que você me disse tudo que eu precisava.

Meu Deus, não faço ideia do que eu disse.

Pelo menos conseguia enxergar a cara da outra de novo, com todos os traços visíveis e audíveis do começo.

– Então... tá.

Não se levantou. Na verdade, queria uma dica do que tinha acontecido.

– Se você tem alguma pergunta, fique à vontade.
– Não... é... apenas se vocês sabem quando darão uma resposta.
– Ah, sim. Bom, você foi uma das primeiras. Acho que entrevistaremos outras pessoas esta semana e, depois, a diretoria tem o tempo dela para decidir. Um pouco difícil saber direitinho. Mas, com certeza, avisaremos.
– Tá certo.
– Você foi muito bem, não precisa ficar assim.

E sorriram uma para a outra, mas o sorriso dela foi de nervoso. A pergunta que queria ter feito mesmo era: "você não notou algo estranho?". O outro sorriso parecia sincero, preferiu não perguntar mais nada. Foi para casa.

– E aí, filha?! Nossa, não estava me aguentando de ansiedade! Como foi? Conta!

Olhou bem para a mãe, para ver se ela a estava reconhecendo, esperando que, depois que acalmasse um pouco, dissesse algo como "quem é você, o que fez com minha filha?", mas não, continuou com o sorriso em suspenso, as mãos em suspenso, o ar em suspenso.

— Mãe, a senhora tá notando alguma coisa diferente em mim?

— Ah, lá vem você com suas fantasias, Alice! Responde logo como foi a entrevista!

— Eu. Não. Faço. Ideia.

FELIZ SOZINHA

Acordou com uma sensação estranha, mas não de todo desconhecida. Pensou se poderia ser TPM ou coisa parecida, mas não. As contas que fez mentalmente tiraram toda possibilidade de ser uma questão hormonal. Olhou para os lados, o quarto estava igual. Olhou o relógio, a hora também era a de costume. Então resolveu virar-se e dormir mais um pouco, afinal, não era nada. Vai ver, um sonho esquecido. Mas, de olhos fechados, a sensação persistia.

Decidiu pensar no que poderia aliviar isso. Talvez um peso ao lado na cama, alguém para quem contar o que estava sentindo. Sim! Se ele estivesse aqui, poderia não sentir a mesma coisa, pois estaria satisfeita depois de uma noite de amor e nem passaria por aquilo. Ou passaria rapidinho, nada que um pouco de carinho e conversa jogada fora com um homem não resolvesse. Claro! O mal que a afligia era esse: falta de homem. Lembrou-se de sua mãe, para quem todos os seus problemas eram consequência do fato de ter escolhido, há mais de dez anos, desmanchar seu casamento. Talvez porque ela, só depois disso, é que passou a saber dos problemas escondidos pela obrigação de ser feliz no matrimônio, realização maior de uma mulher. Mas, como ela diria, o mal de qualquer mulher solteira é ser solteira.

Poxa, será que a sua mãe tem razão? Ter um braço forte com pelos macios por cima da sua cintura realmente traria alívio? Sentir um peito liso e másculo em suas costas... ouvir uma voz grossa sussurrando uma proposta indecorosa em seu ouvido, confirmada depois no contato com todo o seu corpo. Hum... isso, com certeza, a faria esquecer aquela sensação. E só de pensar nisso, já tinha esquecido e começou a se entreter com sua imaginação.

Os dedos fortes entrando pelos seus cabelos, fazendo uma pressão gostosa, massageando a cabeça e a empurrando em direção a suas pernas másculas, pedindo algo que não seria bem a sua escolha, mas como é bom ter alguém ao lado que nos deseja, não é? Depois de uma leve resistência de sua parte, pois não gostava tanto daquilo, pelo menos não logo de manhã, resolveu ceder, com a promessa do que viria depois, como recompensa para uma boa menina.

Depois, veio um beijo na boca e um agradecimento feliz, um giro sobre o próprio corpo e um leve ressonar. A frustração deu lugar ao pensamento de que, ora, da próxima ele saberia recompensá-la. Mas essa ideia imediatamente a deixou irritada. Como assim?! Sozinha saberia dar a si mesma mais satisfação do que recebeu. E com muito menos trabalho. Afinal, não eram só as horas de malhação, as roupas do gosto dele, aquela camisola desconfortável e as doloridas depilações. O que dirá dos amigos malas, das angústias, das desconfianças, das horas de terapia, dos jantares de casais sem graça, da sogra insuportável e do filho do primeiro casamento que, fim de semana sim, fim de semana não, regrava o lazer do casal! Não, aquilo era muito pouco! Decidiu: vou acordá-lo e exigir tudo o que mereço!

Suor, taquicardia, dentes trincados, de repente se deu conta de que tudo aquilo, para seu alívio, era pura imaginação. Tocando primeiro com a mão, como se não acreditasse, o lado vazio de sua cama, se espalhou satisfeita, esticando bem as pernas e tomando posse de tudo que era seu, só seu! Sua liberdade, sua tranquilidade, sua alegria! E riu do pesadelo que criou para si mesma. Levantou, vestindo sua camisola preferida, que ninguém precisou saber a fortuna que custou, e foi ao banheiro cheiroso e com a tampa do vaso fechada. Só seu!

A tal sensação estranha tinha passado, afinal. E concluiu que era simplesmente o estranhamento de ser absurdamente feliz sozinha.

LIVRETO

O ponto de ônibus está cheio e, com a chuvinha que começa a cair, todo mundo se junta. Já tem o livro na mão, ainda bem, porque não consegue mais alcançar a mochila nas costas. Bom que, sendo assim pequeno, não demanda cotovelos abertos. Gente demais exige uma distração. Os ouvidos tapados para fora, absortos na voz interna lendo a edição de bolso. Só não se acalma de todo porque tem a sensação de que se esqueceu de alguma coisa.

"De uma coisa Step tem certeza. Aquele cara jamais poderá amá-la como ele a amou. Não poderá adorá-la do mesmo jeito, não será capaz de perceber todos os seus mínimos movimentos, os pequenos trejeitos do rosto dela." Adoro esse livro, escuta uma voz de homem. Procura o som intruso nalguma palavra escrita. "É como se só a ele tivesse sido concedido ver, conhecer o verdadeiro sabor de seus beijos, a verdadeira cor de seus olhos." Mete-se de novo a voz, diz agora que ela lê mexendo os lábios igual criança. Desaceita que alguém é capaz disso! Vira os olhos sem a cabeça. Avalia um ser que não bate nem no seu ombro, um estranho que ri sem mostrar os dentes. Sem querer, imita o riso dele. Repõe os ouvidos no livro.

"Nenhum homem poderá jamais ver o que ele viu." Assombro. Mesmo sem sinal de correspondência, esse tipinho quer devassar o que eu penso, perguntando se acho a mulher do livro um pouco obsessiva? Ela aspira responder que sim e que o que ele estava fazendo também podia ser chamado de obsessão, mas solta o ar sem falar nada. Repete o riso mimético. Dá um possível passo para o lado, uma esperança na direção de onde chegavam os ônibus.

Desanima os olhos no livro mais uma vez. "Não vai saber apreciar seus doces caprichos." Pena ter tanta gente aqui ao mesmo tempo, não é? Desespera os olhos para a avenida e se anima ao ver o número que aguardava. Não quer fazer movimentos bruscos, não quer antecipar a fuga, mas pula para dentro do carro assim que ele encosta, sem olhar para trás, magoando o livro na barra da escada. Acha um banco vazio e senta. Ri do seu próprio jeito enquanto desamassa as páginas, imaginando o baixinho lá debaixo da marquise molhando palavras sozinho. Então a voz se manifesta numa altura inacessível, bem atrás de sua orelha, e diz que não sabe para onde vão, mas não importa porque acha ela muito bonita, mesmo sendo tão tímida.

Aí ela fica do jeito que não gosta, do jeito que tentou evitar a custo lá na espera da condução, desde que teve que encostar em gente. Vem à tona tudo o que aquele pequeno impresso tinha a missão de evitar. O rosto esquenta, encolhe os dedos no livreto, machucando de novo suas folhas, vira a cabeça junto com olhos de fuzil e atira entredentes que, se ele não parar de encher o saco, ela vai fazer um escândalo e gritar que ele tá passando a mão nela!

A carinha pequena fica toda desentendimento. Ela é quem tinha marcado de encontrar com ele de saia vermelha e livro na mão! Choraminga que sim, ele não falou que era tão baixinho. Proclama para todos que é um cara respeitador e nunca passou a mão em estranha nenhuma na vida e não ia passar nela, mesmo que não fossem mais tão estranhos assim, abaixando o tom de voz. Murmura, por fim, que ela não precisa ser grossa só porque não gostou dele ao vivo. Ele é capaz de entender. E aproveita a porta aberta para descer empurrando as pessoas, gigante de desilusão.

O CHEIRO

Andava de metrô e as pessoas à minha volta não tinham narinas. Passavam por mim procurando assento, não baixavam a cabeça, não me olhavam e eu via que não tinham buracos em seus narizes. Eu mirava todos que estavam de pé, até lá no fim do vagão, procurando por alguma cumplicidade, e nada. Para todos parecia tudo normal. Daí, resolvi colocar a mão no meu nariz; mesmo sentindo aquele odor forte, podia ser que ninguém estranhava nada porque sentiam cheiro sem narinas e eu também sentia e era assim mesmo que as coisas eram. Só que não conseguia tirar minhas mãos do colo e comecei a suar frio com medo dessa paralisia. Acordei. Coloquei a mão no nariz e meus buracos estavam no lugar. E o cheiro também.

No primeiro dia que entrei naquela casa eu o senti, mas achei que era alguma coisa na rua, parecia vir de fora. Depois pensei em comprar, junto com os cabides, um aromatizante de lavanda, assim tudo se resolveria. Como nada do que eu fiz mudou a percepção daquele odor, comecei a pensar que ele vinha era de mim, mesmo que isso não fizesse nenhum sentido, pois aquela morrinha só ficava presente quando estava em casa. Fiz pesquisas no Google, procurando por moléstias que faziam pessoas cheirarem diferente, mas não consegui me encaixar nas raras situações que encontrei. Passei a me encher de perfume, mas, se alguém na rua se afastava de mim, eu não sabia dizer qual dos dois era o fedor repelente. Perdia a oportunidade de achar alguém com quem pudesse falar e descobrir se o bodum era meu ou era só minha colônia. Voltava para casa, entrava no banho e, não importava o sabonete, era aquele mesmo cheiro de sempre que sentia depois de me enxugar.

Depois daquele dia do sonho aflito, pensei que podia ser caso para um psiquiatra e que o cheiro vinha do inconsciente, de alguma reminiscência de infância, algum trauma passado que aquela casa trazia à tona. Talvez eu a tivesse escolhido por isso, por alguma conexão espiritual que definiu o meu sentido. Lembrei que o corretor de imóveis se espantou com a minha certeza, depois de tantas e tantas tentativas, ele já tinha desistido de me agradar, e me mostrou com muito desânimo aquela opção. Foi a única pessoa que me afirmou não sentir nenhum cheiro diferente, apenas o de cômodos fechados, coisa a que já estava mais que acostumado. Era o cheiro do seu dia a dia.

Só quando fui morar ali conheci isso de cheiro impregnado em cômodo. E que passou, com o tempo, a ser uma companhia. Não me sentia mais tão só. Algo me esperava em casa e me reconhecia quando eu chegava, me fazendo sentir antiga para alguém. Nem comprei um cão, nem nunca convidei ninguém a entrar. O cheiro era meu companheiro, meu confidente, sabia das coisas que fazia sozinha, me bastava. E eu ria com ele dos meus pensamentos, falava com ele sobre os personagens da novela, escolhíamos juntos o filme do Netflix e chorávamos no fim. Só fui estranhar mesmo quando resolveu interferir nos meus sonhos. O combinado era que, quando eu dormia, ele dormia também. Afinal, eu precisava de alguma privacidade.

Nesse dia estava chateada, mas não deixei de perceber um homem que não se afastava de mim mesmo com o meu perfume forte, impregnado porque, vingativa, espalhei por todos os cômodos da casa antes de sair. Ele não deixava de me olhar, mesmo com o meu seguido desprezo, e parecia não estranhar nada que era meu. Então sorri. Ele sorriu de volta. Veio se sentar mais próximo, no caminho de ida. E nos encontramos no de volta também.

Até que ele veio comigo até em casa. E entrou. Eu esperava uma pergunta. Seu olhar percorreu tudo. Eu não me importava com a louça na pia, com a meia jogada no sofá, não eram os seus olhos a questão. Esperei ele falar do cheiro. Os segundos foram passando e nada, ele não dizia nada, nenhuma ruga no nariz, nenhum sorriso nervoso, nenhuma coceirinha. Reparou apenas que eu não tirava os olhos indagadores dele e sorriu sem entender, ou entendeu tudo, não sei, só sei que me beijou. E não importou a posição ou o lugar da casa em que a gente estava, esse beijo nunca terminava. E depois de muito tempo, de roupas no chão, de trombadas em cantos pontudos, quando respirei o ar longe do ar quente do nariz dele, percebi que algo importante tinha acontecido. O cheiro se foi.

OS SONS

Ele já estava cansado de ver todos gritarem quando o que pedia era apenas para repetirem uma palavra de tudo que disseram. Fora todas as outras vezes em que se confundia, como qualquer outra pessoa poderia se confundir, e de novo ouvia gritos diante de sua cara de incompreensão. Assim, resolveu não escutar mais e ganhar a paz. Gostava de ler e a TV já estava programada para apresentar sempre as legendas dos seus programas preferidos. Até o dia em que percebeu que se fechar em seus próprios sons trazia outro problema: a dependência total e irrestrita para coisas cotidianas. Em seu mundo silencioso, não havia como escolher o que iria comer, decidir antecipadamente se iria ou não a um evento de família, se queria receber ou não uma visita. Cada uma dessas coisas lhe era apresentada no momento em que não havia mais escapatória. Era impressionante como o ser humano abusava de seu poder diante de um surdo.

Nas leituras diárias do jornal, descobriu o anúncio de um revolucionário aparelho para audição que havia ajudado diversas pessoas no mundo todo, não só idosas, mas vítimas que todo tipo de deficiência auditiva. Resolveu guardar a página e, em um momento de liberdade, pegou um táxi e se dirigiu ao endereço. E de lá saiu ouvindo todos os sons à sua volta. Extasiado, resolveu matar a saudade daqueles de que mais gostava. Foi a um parque e ouviu os pássaros e os risos e gritos de crianças. Andou próximo à fonte e ouviu o murmúrio da água. Uma mulher passou dizendo *eu te amo* ao telefone. E, cheio de música, resolveu voltar para casa, antes que lhe preparassem um sermão.

Não soube muito bem o porquê, mas mentiu quando lhe perguntaram para que havia saído de casa. Para eles, tudo que podia lhe interessar estava lá, confinado naquelas paredes. Nem podiam imaginar o quanto o mundo ainda o enchia de vida, e não quis contrariá-los com a verdade, talvez até pelo medo cultivado nos últimos anos de dependência. Disse que tinha ido ao parque para ouvir as coisas, o que não era de todo mentira. Quando percebeu as reações à palavra "ouvir", decidiu de vez omitir o novo aparelho que, dentre as características modernas, estava a de não ser notado.

Sem poder imaginar o que aconteceria, seguiu sem tocar no assunto do aparelho e voltou, daí por diante, à rotina que tanto agradava à sua família. E esta também continuou a tratá-lo como o surdo que havia se tornado. Ele já tinha perdido as contas do tempo que ficara sem ouvir direito aquelas vozes e, por algumas horas, lhe agradou apenas matar a saudade dos seus sons. Mas, assim que esse devaneio foi passando, começou a perceber o significado das palavras ditas e, de uma bela música, o som passou ao de uma construção, com batidas ora intermitentes, ora insistentes, acompanhadas de sons repetidos e irritantes, interrompidos vez ou outra por sustos explosivos. O som de sua casa era algo como:

– Esse país não tem jeito.
– Não fala assim comigo!
– Eu não aguento mais!
– Ele é um chato.
– Eu não suporto o cheiro disso.
– Estou muito cansada.
– Estou muito cansado.
– Estou muito cansada.
– Estou muito cansado.
– Não vou!
– Eu não aguento maaaaaaaaaiisssss!
– De novo?

– QUE MERDA!
– Não tenho dinheiro.
– Não tenho dinheiro.
– Não tenho dinheiro.
– Eu já disse que não!
– CALA ESSA BOCA!
– Eu não vou, vai você!
– Você não manda em mim.

Dia e noite, dias seguidos, o que ouvia eram as mesmas coisas sem nenhuma harmonia. Olhava com espanto para as pessoas e o que recebia em troca eram as palavras que agora retumbavam dentro de sua cabeça: "Não estou falando com o senhor". Era como se isso diminuísse a importância do que estava sendo dito.

Foi novamente ao parque, mas a música da rua não o fazia esquecer do que ouvia em casa. Tentou compreender quando tudo havia mudado, pois não era assim quando sua falecida esposa cantava ao cozinhar, ouvindo o rádio, e seus filhos vinham correndo para dizer "tá pronto, mãe?" ou "pai, olha isso". Não lembrava em nada a música desafinada e triste que enchia agora aquele lar.

Voltou ao local em que havia comprado o aparelho e, ainda dentro do prazo de adaptação, conseguiu devolvê-lo com pouco prejuízo. Voltou para casa melancólico, por saber que sua família tinha trocado a melodia da vida por aquela ladainha triste. Ninguém entendeu por que, daquela vez, não lhe havia feito bem ir ao parque. E nem ele quis explicar, já que não sabia cantar no tom deles. Voltou aos seus próprios sons e às letras. E, quando percebeu que ouvir o que ouvira por aqueles poucos dias tinha afetado definitivamente sua própria harmonia, caiu em uma tristeza ainda mais profunda. E escolheu o eterno silêncio.

SAPUCAIA

(Baseado em fatos reais)

Conceição e Geraldo iam viajar de trem. Ela amava o barulhinho dos vagões, que embalavam pensamentos bons e lembranças de infância. Ele adorava adivinhar árvores que passavam rápido, das quais só enxergava borrões horizontais; gostava de perambular por todos os vagões, parando um pouco mais nos vãos entre eles, de olhos vidrados no horizonte.

Acharam um assento e, assim que a máquina pegou velocidade, ela se ajeitou para fechar os olhos e prestar atenção no tuntum cadenciado dos trilhos e nos apitos a cada estação. Já ele não parava de se remexer. Que se levantasse logo e deixasse ela em paz na sua modorra. Pra que finge que vai ficar sentado se não consegue, homem?

Abriu os olhos com o anúncio da chegada na estação. Cadê o Geraldo, gente? Ele sempre sabe a hora de voltar. Esperou até que não tinha jeito. Não acreditava que ele tinha deixado ela tirar a mala sozinha do alto. Ele sabia que ela detestava passar vergonha de não alcançar o bagageiro. Estacou na plataforma. Esperou até a raiva subir pelo pescoço, já quase alcançando o tampo da cabeça teve a ideia de ir até a administração fazer uma chamada no alto-falante. Vou mandar falar que fui embora pra hospedaria, ele que se vire pra descobrir qual!

Chegou até o guichê lotado. Só o que faltava era aquele tanto de pessoas, numa falação, uns com as mãos na cabeça, uns com cara de riso, outros de espanto. Cutucou um deles mais perto do balcão e perguntou se podia deixar um recado. Com um início, um princípio mesmo, de preocupação, resolveu perguntar também se sabiam de um homem assim, assado... Gente do céu, foi ele! Ele quem? O que aconteceu? Dona, um homem apareceu do nada lá na outra estação dizendo que caiu do trem, contando uma história de que esticou só um pouco o pescoço para ver uma sapucaia.

QUEM É CARLOS?

E aí?

Ué, tudo. Não posso falar tudo bem, porque não está, e nem posso falar tudo mal. Então, tudo.

Entendi

Veio aqui fazer o mesmo que eu?

Pois é. Falaram pra mim que estava aberto.

Tá não. Mas pode pedir por telefone e buscar. Tem gente lá dentro.

Ah, então é isso.

Você veio...? Sentar numa mesa e pedir uma cerveja?

Pois é. Estou com mais saudade de garçom do que de alguns amigos.

Olha aí, ouviu? Tão trazendo o meu pedido.

Então, vou indo. Bom te ver.

Não, pera! Divide comigo. Em casa tem cerveja.

Será?

Só não vou fingir que sou garçom, ok?

Combinado. Tá cheirando bem.

Então, bora. Sem desculpas. Chegando lá, vamos falar nada, para não chamar a atenção da vizinha da janela bem na frente do portão. Fica o dia todo de orelha em pé.

Que isso. Sério?

Saiu, Marcelo?

Oi, dona Clo. Saí sim. A gente tem que comer, né não? E a senhora, também tá indo a algum lugar?

E esse aí, é o cozinheiro?

Meu amigo, veio comer comigo.

Então você tá recebendo visitas?

A senhora vai passear, visitar alguém. Vai com Deus!

Um minutinho, Marcelo. Pare pra me ouvir. Aí, chega mais perto não. O senhor não leu o regulamento novo do prédio não? Tem regra nova de visitação. Você aí, me desculpe, que nem te conheço, mas é que a gente tem que se cuidar.

Dona Clo, eu acho que a senhora corre mais risco parada aqui na rua tomando meu tempo do que se ele entrar no prédio. Olha, minha comida tá esfriando.

Eu não vou me demorar.

Que isso, cara. Eu pago minhas contas, meu apartamento é meu, você é meu convidado. Passar bem, D. Clo.

Eu vou denunciar o senhor pro síndico, pode ter certeza.

Cara, melhor eu ir. Tem nada a ver, eu nem ia almoçar. Vim mais pela cerveja.

Agora eu faço questão! Você não vai embora de jeito nenhum, que essa senhora precisa é de remédio. Dá licença, D. Clo, pra eu passar sem ficar perto da senhora?

Desaforado! A gente está cuidando é da saúde de todos. É por causa de egoístas como os senhores que tem gente morrendo. Queria ver se fosse alguém da família!

Sério, cara. Tô fora! Preciso passar por isso não. Valeu pelo convite. Fui!

Ô Carluxo! Faz isso não, meu. Deixar eu aqui com essa velha histérica me chamando de vírus! Ô Carlos!

Meu nome não é Carlos.

SUICÍDIO

Não faço ideia do motivo, mas o dia que escolhi para me matar nasceu como um cenário perfeito. Quer dizer, para mim, pois sempre me senti propensa a pensar nas coisas ruins da vida em dias assim. Cinzas. Não era só o céu. Tudo estava com uma cor que já não é noite, de espera ansiosa pelo amarelo. Mesmo que não fosse testemunhar, eu sabia que aquele dia seria assim até seu fim e se transformaria em preto sem passar por outros tons. Absolutamente nada abalava a monotonia do cenário, todos os pássaros que voavam nesse dia tinham tons de cinza também; pombos, urubus e pardais. Junto àquela cor, o silêncio. Não havia vento, o que prenunciaria chuva e a volta do sol, somente o som da natureza entristecida e fria. Eu precisava interromper meu devaneio, pois pretendia escrever cartas para quem pudesse se importar com a minha morte.

É um dia especial o da sua morte por opção. Você, afinal, se torna o que há de mais importante na existência e a sua vida o centro de tudo o que interessa. Pensar em quem iria chorar com minha ausência me enchia de vaidade. Não tinha pena dessas pessoas. O acontecimento iria animar um pouco as suas vidas enfadonhas, iria dar assunto por semanas, ocupações e até poderia aproximá-las e criar novas interações antes inimagináveis.

Não acredito que alguém me ame. E eu, há muito tempo, assisti desaparecer da minha vida o amor. Procurei entendê-lo em canções, livros, filmes, e isso só me levou à conclusão de que era mesmo um sentimento que havia me abandonado no berço. Suas descrições, mesmo confusas e incoerentes, lembraram vagamente algo que senti na infância, por um carrinho de bombeiros. Não sei mais onde está o amor. Nem o carrinho.

Fui abandonada e, já que nunca mais o encontraria, preferi morrer. Não tinha mais expectativa de me prender nesta vida solitária e monótona. Levantei-me da cama e peguei nos papéis e na caneta, que já estavam separados. Por onde começar? Para quem escrever? A caneta batia no papel fazendo um barulhinho chato. Eu não tinha filhos, nem pai, nem mãe. Pensei no pessoal da firma, meu chefe, meu vizinho. Um irmão morava muito longe e há tempos não nos dávamos mais o trabalho de nos falar no Natal ou nos aniversários. Era muito constrangedor. Precisava dizer que ele não era necessário no enterro, para poupá-lo também dessa chatice e dos olhares curiosos dos outros. Dei-me conta de que eram duas cartas apenas: uma para o vizinho, uma para o trabalho. Talvez uma terceira, para a polícia, explicando que não se tratava de assassinato, latrocínio ou qualquer outra hipótese investigativa. Era apenas o exercício da liberdade de tirar a própria vida, se não nos interessa mais.

Comecei por essa, da polícia, a mais fácil, curta e grossa. Ninguém tem culpa, estou em perfeitas condições mentais, é uma escolha racional e individual, por favor, poupe a todos de maiores complicações. Um telegrama, sem emoção, fácil. Foi. Mas e agora? Olho lá fora e o tempo parece em suspense, a esperar minha decisão. Senti-me pressionada pelas nuvens e pelo sol atrás delas, que parecia me dizer: vai logo, para eu poder sair daqui! Dois urubus passaram; gosto, desgosto. Será que se encheria o céu deles por causa do meu corpo? Será que demoraria muito até ser achado? Esse pensamento me encheu de horror. Duas coisas de que nunca gostei: incomodar os outros e mau cheiro. Isso bagunçou toda a minha ideia. Como faria aquilo e, ao mesmo tempo, garantiria que seria achada logo em seguida? Não haveria nem mesmo o cheiro de gás para alertar a todos bem rapidamente, pois não podia colocar outros em risco de vida também. Sempre me impressionou, em filmes, o fato de apenas uma faísca do acendedor de luz causar explosão em um ambiente cheio de gás inflamável. Fora que meu vizinho fumava. Eu não queria ser uma assassina, nem morta! Optei por remédios. Deixar antes o bilhete na porta dele, para que não demore a me achar, pode colocar tudo a perder, pois não sabia de quanto tempo precisava. Se ele me achasse a tempo de me levar ao hospital? Detesto vomitar. E detesto mais ainda ser uma fracassada. Não é por isso mesmo que estava tentando me matar? Seria um duplo vexame. Poderia ligar, marcar uma visita e, quando ele tentasse e não conseguisse entrar em minha casa, iria se preocupar e... deixar para lá. Eu mesma nunca gostei de visita de vizinhos. Pensei, então, em pular da janela. Cheguei até o parapeito e olhei para baixo... daria, no máximo, em uma canela partida. Ia ter que escolher outro prédio, pensar num modo de subir até o alto, uma trabalheira danada. Decidi voltar para as cartas e deixar a decisão para depois.

Novamente batuquei a caneta no papel e vi o quanto é difícil escrever. Voltei à janela, pois pensei ter visto um buraco nas nuvens. E sim, ele estava lá. O azul do céu já estava bem grande e o sol dizia: cansei de esperar! Vi um ipê, do outro lado da rua, brilhando com os primeiros raios de sol daquele dia e, para meu desespero, vi um beija-flor. Tinham começado a surgir os pássaros de dias coloridos. O cinza havia se rendido, covarde. A caneta não me ajudava. O dia não me ajudava mais. E a ideia não estava mais tão clara em minha cabeça. Resolvi adiar o dia da minha morte.

CRIVO EDITORIAL
r. Fernandes Tourinho // n. 602 // sl. 502
30.112-000 // Funcionários // BH // MG

- crivoeditorial.com.br
- contato@crivoeditorial.com.br
- facebook.com/crivoeditorial
- instagram.com/crivoeditorial
- crivo-editorial.lojaintegrada.com.br